ISBN : 978-2-412-05507-6
Dépôt légal : juillet 2020

Imprimé en Italie par L.E.G.O.
Édition : Frédéric Lorreyte
Couverture et mise en page : NoOok
Illustrations : Freepik, Vecteezy

Éditions First, un département d'Édi8
92, avenue de France
75013 PARIS – France
Tél. : 01 44 16 09 00
Fax : 01 44 16 09 01
E-mail : firstinfo@efirst.com
Site Internet : www.editionsfirst.fr

Virginy L.Sam & Valérie Flan

TU SAIS QUE TU ENTRES au collège QUAND...

FIRST
ÉDITIONS

Avant-propos

Fini le doux cocon de l'école primaire. Te voilà chez les grands, les vrais grands, car cette fois, ça y est : tu entres au collège !

Des kilomètres de couloirs, des profs dans tous les coins, un emploi du temps incompréhensible, des ados gigantesques qui partagent le même espace que toi, voilà le programme ! Normal que tu te sentes un peu impressionné, car il est déjà loin le temps béni où tu étais le plus grand de l'école. Te voilà le petit du bahut.

Alors même si tout ça est très excitant, avoue que ça fout pas mal les jetons quand même ! Mais, pas de panique, on a concocté ce petit

livre rigolo spécialement pour toi. Parce que se marrer un bon coup, y a pas photo, c'est ce qu'il y a de mieux pour se détendre !
Bienvenue au collège !

TU SAIS QUE TU ENTRES AU COLLÈGE QUAND…

- … une sonnerie retentit toutes les heures dans l'établissement. Ce n'est pas pour te réveiller, mais juste pour t'indiquer la fin d'un cours.

- … il t'arrive encore de jouer aux Lego (mais depuis que tu es en 6e, tu n'oses plus le dire aux copains).

- … ça y est, tu as ton premier téléphone portable. Plus besoin d'emprunter celui de ta mère. Youpi, c'est le début de la liberté !

QUIZ

Que dois-tu présenter chaque matin à l'entrée du collège ?

a. Tes excuses.

b. Ta bonne humeur.

c. Ton carnet de liaison.

Réponse : c. Mais la réponse b n'est pas à exclure.

Citation

« Mieux vaut être le dernier de sa classe que le premier imbécile venu. »

(Robert Sabatier)

Bien dit !

Parole de collégien

« Maman, tu m'appelles encore une fois *mon gros doudounet* devant le collège, et je demande à me faire adopter par Tata Julie ! »

TU SAIS QUE TU ENTRES AU COLLÈGE QUAND…

- … tes parents ont enfin accepté que tu aies un sac à dos plutôt qu'un cartable. Pas trop tôt, tu en demandes un depuis tes 7 ans.
- … la plupart des jeunes de ton collège sont défigurés par un appareil dentaire. Mais ne t'en moque pas trop, car toi aussi tu vas y avoir droit.

ÉVOLU-TIFS !

AVANT
Raie sur le côté bien sage
(faite par maman)

APRÈS
Mèche qui tient toute
seule grâce au gel
(faite par toi)

Dans la bouche des profs

« Vous ne travaillez pas que pour les notes ! »

Ah bon ?

Avantages à changer de salle de classe toutes les heures

- Ne pas avoir besoin de demander pour aller faire pipi.
- Se dégourdir les jambes : fini les fourmis !
- Se dégourdir la langue : une heure sans discuter avec ses potes, c'est déjà long !
- Recharger régulièrement son stock de bonbecs au distributeur.
- Et surtout avoir la chance de pouvoir arriver plusieurs fois par jour en retard en classe !

TU SAIS QUE TU ENTRES AU COLLÈGE QUAND...

- ... tu te demandes pourquoi les grands viennent au collège en sweat, alors qu'il fait moins deux degrés dehors. Toi, tu as ta doudoune et ton bonnet... Le look, on verra plus tard !

- ... certaines filles commencent à avoir des seins. Oh là là, ça fait drôle !

- ... chaque matin, sur le chemin du collège, tu espères que ton horrible prof de maths soit malade et remplacé par ton instit de CM2 trop sympa.

QUIZ

Quel est le nombre d'heures de cours obligatoires au collège ?

a. 4 heures.

b. 26 heures.

c. 127 heures.

Réponse : b. 26 heures par semaine, hein ! Pas par an !

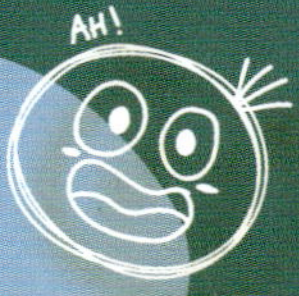

Mémo

N'oublie surtout pas
de faire sonner
ton réveil le samedi
matin !
Eh oui, avant, tu n'avais
pas école le samedi,
et c'était top.
Malheureusement,
ça, c'était
avant…

Appréciations pourries 1

Maths

Va devoir sérieusement revoir les additions et les tables de multiplication avant qu'on s'attaque aux équations !

Français

Malheureusement pour vous, la littérature ne se résume pas à Picsou et à Astrapi !

Histoire-géographie

Il est bien triste de résumer la civilisation grecque à un sandwich avec des frites dedans.

TU SAIS QUE TU ENTRES AU COLLÈGE QUAND...

- ... l'alarme incendie se déclenche au moins une fois par semaine, alors qu'il n'y a pas eu le moindre départ de feu dans l'établissement depuis le siècle dernier. (Apparemment, ce serait Lucas de 3e 1 qui veut prouver qu'il est rebelle.)
- ... tu serais d'accord pour signer une pétition pour du kebab à la cantine. Car oui, au collège aussi, il y a trop souvent des légumes verts au menu.

LA HONTE !

Raisons pour lesquelles tu pourrais ne plus jamais adresser la parole à ta mère :

elle vient te chercher au collège sans prévenir et hurle ton prénom en agitant ses bras devant tout le monde ;

elle danse sur la table le jour de ton anniversaire avec tes copains ;

elle t'oblige à porter un cache-oreilles panda en hiver.

Bonne nouvelle

Ce qui ne change pas, c'est qu'au collège aussi il y a des récrés !

Petit lexique

utile pour survivre à la récré

Entendu	Veut dire
Avoir le swag	Être cool
Avoir le seum	Être dégoûté
ASKIP	À ce qui paraît
Boloss	Crétin
Être saucé	Être content
Daronne/daron	Mère/père
BG	Beau gosse

TU SAIS QUE TU ENTRES AU COLLÈGE QUAND...

- … tu es collé le mercredi (collé ne signifiant pas couvert de colle, mais retenu au collège pour une punition).
- … tu auras bientôt deux vertèbres tassées à cause du poids de ton sac.
- … tu as l'impression que les élèves de 3e parlent une langue étrangère quand ils disent par exemple : « ASKIP sa daronne, elle a trop le swag* ! »

* Cf. lexique en page précédente.

QUIZ

Que signifie l'acronyme SVT ?

a. Superman Voldemort et Tortues Ninja.

b. Sa va toi ? (Vu que tu ne fais toujours pas la différence entre *sa* et *ça*.)

c. Sciences de la vie et de la Terre.

Réponse : c. Si tu as répondu b, fais-toi offrir un *Bescherelle* de toute urgence !

Citation

« De toutes les écoles que j'ai fréquentées, c'est l'école buissonnière qui m'a paru la meilleure. »

(Anatole France)

Interdit dans les couloirs

- Courir
- Hurler
- Faire du skate
- Se battre
- Fumer
- Faire pipi dans les coins
- Organiser des combats de catch
- Faire des croche-pieds aux profs
- Dresser des licornes

TU SAIS QUE TU ENTRES AU COLLÈGE QUAND...

- ... tu en as marre que tes parents te parlent encore comme si tu étais un gros bébé. « Eh oh, je suis au collège maintenant ! »
- ... tu apprends que la boule puante peut être une super arme pour éviter un contrôle de maths.
- ... dans la cour, certains garçons se vantent de déjà se raser. Alors qu'en réalité ils ont à peine deux poils de moustache. Nul !

MISE AU POINT

« Non, Lucas !
Le cancre qui met
le bronx dans tous les
cours, n'est pas "cool".
Il est juste chiant et mal
élevé à en crever ! »

Avertissement

Évite de croire tout ce qui se dit dans la cour. Par exemple, « se laver tous les jours donne des maladies de la peau », C'EST FAUX !

Comme au cinéma

- *Entre les murs* (Laurent Cantet)
- *Les Héritiers* (Marie-Castille Mention-Schaar)
- *Sur le chemin de l'école* (Pascal Plisson)
- *P.R.O.F.S* (Patrick Schulmann)
- *L'École buissonnière* (Nicolas Vanier)
- *Le Plus Beau Métier du monde* (Gérard Lauzier)

TU SAIS QUE TU ENTRES AU COLLÈGE QUAND…

- … tu as l'impression que ton emploi du temps ressemble à celui d'un ministre.
- … tu te sens enfin grand, sauf que tes parents passent leur temps à t'affirmer le contraire. (Mais ça, c'est parce qu'ils savent que plus toi, tu grandis, plus eux, ils vieillissent !)
- … entrer dans l'adolescence te fait encore un peu peur, mais, rassure-toi, on est tous passés par là.

LES INDISPENSABLES

À toujours avoir dans ton sac :

- ton carnet de liaison ;
- ta carte de cantine ;
- ta trousse ;
- ton agenda ;
- tes livres et cahiers de cours ;
- quelques fruits secs en cas de fringale ;
- ton doudou en cas de déprime ;
- du PQ en cas de rupture de stock.

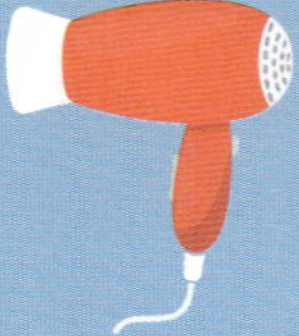

Homonymes

Autant tu as le droit
de te sécher
les cheveux, autant
tu n'as pas le droit de
sécher les cours.
Voilà qui est dit.

Appréciations pourries 2

Anglais

Apprendre une langue vivante ne signifie pas s'embrasser à pleine bouche dans les couloirs !

EPS

Pour courir après les filles, ça, y a du monde, mais pour faire gagner son équipe au relais, y a plus personne !

SVT

Pensez à apporter un vrai stylo en cours. Un mascara est loin d'être idéal pour prendre des notes.

PUNITIONS

À l'école primaire

- Copier cinquante fois *Je ne cracherai plus sur mon camarade*
- Privé de récré
- Au coin, les mains sur la tête
- Une demi-heure dans le couloir

Au collège

- Heures de colle
- Heures de colle
- Heures de colle
- Heures de colle

(Tellement pas créatif !)

Métamorphose !

Bientôt, pour Noël, tu ne demanderas plus de jouets, mais le même sweat à capuche que Théo (le gars « trop beau ») ou la même doudoune qu'Ambre (la fille la plus populaire du collège).

Appréciations pourries 3

Technologie

Pas intellectuel mais pas manuel non plus ! Qu'allons-nous faire de vous ?

Arts plastiques

Dans arts plastiques, il y a « arts ». Peut-être devriez-vous relire la définition de ce mot…

Musique

Désolé de vous apprendre que le bavardage ne peut être considéré comme de l'expression musicale !

TU SAIS QUE TU ENTRES AU COLLÈGE QUAND...

- ... sur ton bulletin de notes, il y a une moyenne et une appréciation par matière. C'est fou comme le sport peut améliorer une moyenne générale !
- ... tu ne veux plus porter les pulls tricotés par ta grand-mère. (Surtout que, chaque fois, elle brode un petit chaton dessus. Quand va-t-elle comprendre que tu n'as plus 3 ans ?!)
- ... tu ne vas plus au coin, mais que tu passes en conseil de discipline. Autre ambiance !

CONSOLATION

Dis-toi que tes profs
ont aussi peu envie que toi
de venir en cours le matin.
Seule différence : eux sont
payés ! INJUSTICE !

Dyslexie

Si tu prends l'option latin, sache que le latin n'est pas un petit animal avec deux grandes oreilles.

À lire !

- *La Sixième* (Susie Morgenstern)
- *La 6e, la pire année de ma vie* (James Patterson et Chris Tebbets)
- *Le guide anti-stress de la vie au collège* (Irène Colas)
- *Journal d'un nul débutant* (Luc Blanvillain)
- *Un journal pour deux : au secours, le collège !* (Robin Mellom et Lindsey Leavitt)
- *Ma prof de gym est une alien* (David Solomons)
- *J'ai tué mon prof* (Patrick Mosconi)

TU SAIS QUE TU ENTRES AU COLLÈGE QUAND...

- ... tu mets parfois 1 h 12 à trouver ta salle de classe. (En même temps, c'est pas de ta faute s'il est interdit de courir dans les couloirs !)
- ... tu aimerais semer des cailloux dans les couloirs, comme le Petit Poucet, histoire d'être sûr de retrouver ton chemin dans ce labyrinthe.
- ... les garçons et les filles ne se mélangent plus dans la cour de récré (à part les trop chanceux qui sont en couple, bien sûr).

QUIZ

Quand un prof commence son cours par un DST, que signifie ce sigle ?

a. Devoir sur table.

b. Donuts, sablé et tartine de Nutella.

c. Donne, s'il te plaît !

Réponse : a. Pour info, si tu as répondu la b :
ON N'EST PAS CHEZ WILLY WONKA !

Citation

« L'école doit devenir le lieu où l'enfant peut vivre dans la liberté. »

(Maria Montessori)

Un peu comme une antilope dans la savane ?

Interdit à la cantine

- Circuler entre les tables
- Jouer avec la nourriture
- Taguer les murs au ketchup
- Lancer des coquillettes dans les cheveux des surveillants
- Cracher dans la purée de son voisin
- Uriner dans la fontaine à eau

IL Y A FORCÉMENT DANS TA CLASSE :

- un élève qui imite à la perfection la signature de ses parents ;
- un redoublant qui fait deux têtes de plus que toi ;
- un spécialiste des antisèches ;
- un gars qui chausse du 45, alors qu'il mesure 1 m 40 ;
- quelqu'un dont personne ne connaît le prénom tellement il passe plus de temps à sécher qu'à venir en cours ;
- une fille qui a des seins aussi gros que ceux d'une 3e ;

- un cancre qui se met au fond de la classe parce qu'il a soi-disant des problèmes de vue de près (mytho !) ;
- quelques fayots prêts à tuer pour avoir une place au premier rang ;
- un relou qui a toujours réponse à tout et que tu vas vite avoir envie de baffer ;
- toi.

Crédulité

N'écoute pas
ceux qui affirment
que les cheveux gras,
c'est tendance.
C'est juste
super-crade !

Adultes que tu croiseras souvent dans ton collège

- Profs
- Surveillants
- Infirmière scolaire
- CPE (conseiller principal d'éducation)
- Principal
- Parents de Senzo (vu qu'il met le feu à la poubelle du foyer toutes les semaines, forcément ils sont régulièrement convoqués !)

TU SAIS QUE TU ENTRES AU COLLÈGE QUAND...

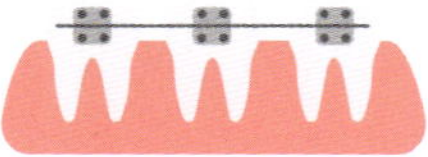

... tu t'aperçois que, pour les 4e, le mercredi après-midi se résume souvent à une visite chez l'orthodontiste ou chez le dermatologue.

... tu as entendu dire que, au fond du préau, certains donnent des cours de baisers avec la langue.

... tu seras bientôt initié à l'art du lancer de petits-suisses à la cantine. Tu verras, les élèves de 3e sont de très bons profs !

QUIZ

Si tu as une question sur ton emploi du temps, à qui dois-tu la poser ?

a. À ton prof principal.

b. Au pape.

c. À personne. Tu te débrouilles et puis c'est tout !

Réponses : les trois réponses sont possibles. Même si le pape est clairement plus difficile à joindre que ton prof principal.

L'INSTANT CULTURE GÉNÉRALE

Es-tu vraiment prêt à entrer au collège ?

Question 1

Qu'est-ce qu'un tsunami ?

a. Une énorme vague après un tremblement de terre.

b. Une sorte de sushi.

c. Une race de chien moche qui vient du Tibet.

Réponse : a.

Question 2

Comment respire un poisson ?

a. Avec un tuba.

b. Par le trou de balle.

c. Par les branchies.

Réponse : c. PS : si tu as choisi la réponse b,
sache que le fait de faire des bulles dans l'eau
ne veut pas forcément dire que tu respires...

Question 3

Comment écris-tu Ça va ?

a. Sa va.

b. Sava.

c. Sav ahhhhh.

Réponse : si tu as répondu a, b ou c, tu crains vraiment ! La réponse était dans la question.

Bilan

 # Tu n'as aucune bonne réponse. Tu l'as fait exprès ou quoi ?!

 # Tu as au moins une bonne réponse. Il te reste pas mal de choses à apprendre, alors bienvenue au collège !

 # Tu as eu toutes les bonnes réponses. Bravo, ta culture générale est impressionnante ! Peut-être même peux-tu demander à passer directement en seconde.

QUIZ

À quoi sert le professeur principal ?

a. À être à ton écoute et à faire le lien avec les autres professeurs.

b. À faire tes devoirs à ta place quand tu n'as pas envie de les faire.

c. À rien.

Réponse : a.

Citation

« Il est indispensable d'aller au collège. C'est le seul moyen d'apprendre ce qui n'a aucune importance. »

(Edgar Watson Howe)

Fierté

Tes parents sont tellement fiers que tu sois entré au collège que ton emploi du temps trône sur la porte du frigo. Entre la recette des lasagnes aux légumes et le magnet bouquetin que vous avez rapporté de vos vacances au ski, quel honneur !

OBSTACLES

Toutes ces choses qui t'empêchent de faire tes devoirs :

- ton chat : il vient s'allonger sur ton cahier dès que tu l'ouvres.
- ton petit frère : il veut jouer aux Playmobil avec toi.
- ton grand frère : il veut prendre sa revanche à *Mario Kart*.
- ta mère : elle te demande de vider le lave-vaisselle
- tes copains : ils t'envoient des Snapchat non-stop.
- ton amoureux(se). Il(elle) occupe la totalité de tes pensées.

QUIZ

Pour réussir, il faut faire ses devoirs et apprendre ses leçons :

a. occasionnellement.

b. régulièrement.

c. bêtement.

d. en regardant Netflix.

e. jamais.

Réponse : c. Mais la réponse b n'est pas à exclure.

Relou !

**Trop chiant
le mec qui bouscule
tout le monde
à chaque début
de cours pour avoir
la place près
du radiateur
en hiver.**

Ça craint !

Fais gaffe : si tu appelles tes profs *maître* ou *maîtresse*, c'est mort pour toi, et tu passeras pour le bébé de service.

TU SAIS QUE TU ENTRES AU COLLÈGE QUAND...

- ... dans ta classe, il y a des garçons qui ressemblent encore à de gros bébés et d'autres déjà à des ados.
- ... la nounou ne t'attend plus à la sortie de l'école. Maintenant, tu as les clés pour rentrer tout seul chez toi.
- ... tu pries le ciel pour que ta mère n'ait pas organisé ton goûter d'anniversaire chez McDo. La photo de groupe avec le clown Ronald, à ton âge, bonjour la honte !

QUIZ

L'endroit idéal pour faire tes devoirs ?

a. Sur un bureau au calme.

b. Sur ton lit en jouant à *Fortnite* et en écoutant Ado FM.

c. À Disneyland, car les sensations fortes t'aident à réfléchir.

Réponse : a. Vive les bonnes résolutions de début d'année !

Quand le prof pète les plombs

« Une fois pour toutes, le verbe CROIVER n'existe pas, BANDE D'IGNARES ! »

Humeurs

À l'idée d'entrer au collège, tu es :

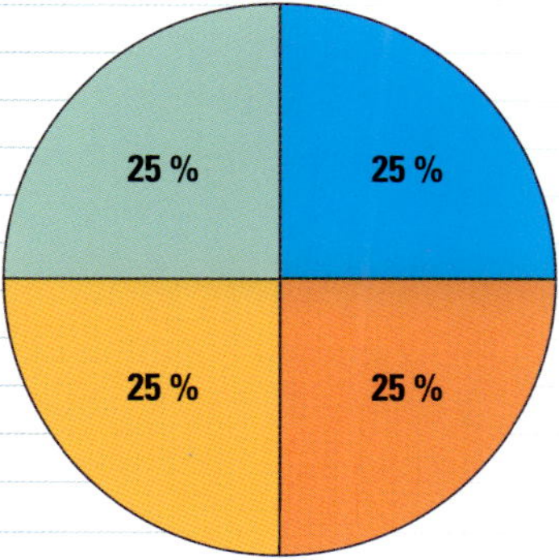

- **angoissé** (mais moins que tes parents)
- **paniqué** (mais moins que tes profs)
- **terrorisé** (mais moins que ton frère qui entre en maternelle)
- **excité** (mais moins que ton pote qui saute partout depuis dix jours et qui te saoule à décompter les heures)

TU SAIS QUE TU ENTRES AU COLLÈGE QUAND...

- ... tu es prêt à mentir pour que ton père te dépose au coin de la rue plutôt que juste devant le collège (ce qui te ficherait une honte internationale).

- ... tu es jusqu'à nouvel ordre le « petit » de la cour. (Certains disent le « minus », mais ils sont pas sympas.)

- ... tu penses qu'il n'y a pas que les devoirs dans la vie. Sauf que tes profs ne sont visiblement pas de cet avis !

QUIZ

Qu'appelle-t-on la salle de perm' ?

a. Salle de permis de conduire : tu t'y entraînes au permis gratos.

b. Salle de permanence : tu t'y rends quand tu n'as pas cours pour avancer ton travail.

c. Salle de permaculture : tu y cultives plein de légumes qui seront ensuite servis à la cantine.

Réponse : b. Pour la a et la c : faut pas rêver !

YODAttitude

« Pas trop tard tu te coucheras, car à ton âge de neuf heures de sommeil encore besoin tu as. »

Ce qui ne change pas

(et ne changera jamais !)

Tes parents te demandent toujours quelles notes ont eues les autres.

Pff, énervants pour l'éternité !

TU SAIS QUE TU ENTRES AU COLLÈGE QUAND...

- ... tu as un prof par matière. Ils sont nuls, ces profs. Au moins, ta maîtresse de CM2, elle savait tout faire, elle !
- ... tu vas bientôt être en âge d'avoir un compte Instagram (même si ça ne change pas grand-chose vu que t'en as un depuis tes 9 ans. Mais au moins, là, ce sera en toute légalité).
- ... tu dis plus de vingt-cinq fois par jour : « Il est trop beau. »

QUIZ

Au collège, qui surveille la cour ?

a. Les enseignants (comme en primaire).

b. Les surveillants (comme en prison).

c. Personne, vous êtes assez grands pour vous surveiller tous seuls.

Réponse : b. Avec la grille fermée à clé pendant les cours, ça fait quand même pas mal de similitudes avec la prison !

Dans la bouche des profs

« Apprendre doit avant tout être un plaisir. »

Comme manger une glace trois boules avec de la chantilly par-dessus ?

Astuce devoirs

Fais ce que tu aimes le moins en premier, comme ça, tu seras débarrassé. Exactement comme quand tu manges tes haricots verts avant tes frites.

ARGENT DE POCHE

Hier

- Bonbecs
- Stickers Pokémon
- Trucs inutiles à l'effigie des superhéros
- Tours de manège avec ta petite sœur
- Barbes à papa
- Fleurs pour maman

Demain

- Gel pour les cheveux
- Pschitt haleine fraîche (toujours se tenir prêt pour un roulage de pelle)
- Trucs (inutiles selon tes parents) à l'effigie de ton jeu vidéo préféré
- Lotion anti-acné
- Fleurs pour maman parce que maman reste maman

Malin !

Pour regarder un max de séries américaines en toute liberté, dis à tes parents que c'est ton prof d'anglais qui a demandé à ce que vous regardiez des tas de séries en VO.

Interdit en cours

- Discuter avec son voisin
- Se balancer sur sa chaise
- Utiliser son portable
- Mâcher du chewing-gum
- Coller son chewing-gum sous la table
- Se lever
- Chanter (sauf en cours de musique)
- Ronfler

TU SAIS QUE TU ENTRES AU COLLÈGE QUAND...

- … tu as des heures de permanence. (Attention, tu dois utiliser ces heures pour faire tes devoirs, pas pour avancer sur *Fortnite* !)
- … tu as hâte d'être en troisième pour, à ton tour, pouvoir martyriser les petits 6e.
- … ton cartable fait la moitié de ton poids. À moins que ce ne soit l'inverse !
- … tu découvres qu'un compas peut aussi servir à graver des mots d'amour sur les tables de classe (ou des têtes de mort si tu n'es pas amoureux).

QUIZ

Au collège, quel événement important se produit trois fois dans l'année ?

a. Le conseil de classe.

b. Le bouchage des toilettes à cause d'une surconsommation de papier due à l'angoisse liée aux brevets blancs.

c. L'envie de démissionner du prof de SVT.

Réponse : a.

Ça se tente

Pour obtenir de tes parents une paire de Stan Smith toute neuve, dis que c'est le prof de sport qui l'exige.

Ça peut marcher… mais pas sûr.

Range ta chambre !

En théorie, un des tiroirs de ton bureau est dédié à ton stock de fournitures.

En réalité, on y trouve aussi : paquets de chewing-gum, canettes vides, coques de téléphone, chocos BN, jeu de cartes, figurine licorne, gravier en forme de cœur, porte-clés tête de mort, sachet de chips goût barbecue…

Bref, si ta mère voyait ça, elle ferait une syncope !

TU SAIS QUE TU ENTRES AU COLLÈGE QUAND...

- ... tu regrettes que ce ne soit pas ton prof de sport qui rédige ton appréciation de maths. Parce qu'entre athlétisme et géométrie, y a pas photo !
- ... chaque trimestre se termine par un conseil de classe... et souvent aussi par cette phrase : « Peut mieux faire. »
- ... les profs t'appellent par ton nom et non plus par ton prénom.

TIMING PARFAIT

Le bon moment pour faire tes devoirs, c'est le soir après le goûter.

Ça ne se discute pas. Alors oublie tout de suite l'idée de les faire le matin dans le bus en partant au collège !

Quand le prof pète les plombs

« Faites-vous offrir une calculatrice pour Noël ! VOUS POURREZ AINSI VÉRIFIER QUE 3 × 7 N'ONT JAMAIS FAIT 28 ! »

Interdit au CDI

- Faire du bruit
- Confectionner des avions en papier avec les pages des livres
- Utiliser un livre pour caler sa chaise bancale
- Stabiloter les encyclopédies
- Jeter un dictionnaire au visage de la documentaliste
- Mettre le feu

TU SAIS QUE TU ENTRES AU COLLÈGE QUAND…

… tu espères ne jamais avoir d'acné pour que personne ne te surnomme la calculette, comme Théo de 4e 3.

… ta moyenne générale passe de 16 à 12 sans que tu n'aies rien changé à ta façon de travailler ! C'est quoi, ce délire ?

QUIZ

La plupart des surveillants sont avant tout :

a. des *serial killers* repentis.

b. de jeunes parents en stage, histoire de voir ce qui les attend.

c. des étudiants qui font ça pour gagner un peu de sous.

Réponse : c. Alors sois sympa avec eux parce qu'un jour tu seras peut-être à leur place.

Citation

« Si l'ennui était mortel, l'école serait un cimetière. »

(Francis Bacon)

Tu m'étonnes !

Quand le prof pète les plombs

« EH NON, L'OCÉAN INDIEN NE BORDE PAS L'AMÉRIQUE, COW-BOY ! »